은근슬쩍 얼렁뚱땅

신현복
시집

은근슬쩍 얼렁뚱땅

신현복
시집

도서출판 북인

시詩는
앉아서 쓰는 것이 아니라
돌아다니면서 찾는 것이라는 생각이다
시 쓰기는 추수 끝난 들판에서 벼이삭을 줍듯
사람 사이에, 자연 속에, 사물 틈에
흩어져 있는 사유의 이삭을 관심 갖고 살펴
찾아 모으는 일이다

다행히 또
한 포대쯤을 모았다
분명 쭉정이도 있겠지만
감사하다

2023년 6월
신현복

차례

1부

봄날

꽃 펴서 좋다
당신의 환한 웃음
듬뿍 담을 수 있어 좋다
달콤한 향기가 내게 스민다
당신을 몇 숨 더 품을 수 있어서
정말 좋다, 어디에 가든
당신을 기억할 수 있겠다
이 세상에 오길 참 잘했다
내 生은 지금 여기가
봄날이다

적멸궁寂滅宮

늦가을, 뒷산 산책길에 꽃잎도 꽃술도 다 떨어지고 꽃대
궁에 마른 꽃받침만 매달려 있는 꽃 한 송이 보았습니다 오
목한 둥근 꽃받침에는 여든아홉 개의 구멍이 송송송 파여
있었는데요, 그 간격 가지런하지는 않았습니다 마치 방금
까지 불자들이 불공을 드리다가 나간 법당의 흐트러진 방
석 같았습니다 세다가 다시 세고 흩어진 씨앗들에 대해 잠
시 생각하다가 또다시 세고 여든아홉을 다 셀 때까지 나는
한 덩이의 더없는 고요였고요

꾼

울 엄마 엉덩이는 컸다

늦가을 양지 바른 비탈 밭둑

누렇게 익은 커다란 호박만 했다

하지만, 읍내 장날 시장통 목 좋은 곳

아무리 비좁은 틈도 비집고 들어가

기어코 철푸덕, 떡하니

자리잡았다

지게

하늘은 더 없이 맑고
바다로 고기잡이 갔던 아버지
뚝방길 걸어오신다

모내기 앞둔 간사지 너른 들판
논마다 봇물 찰랑인다
물결이 숭어 떼처럼 몰려다닌다

짊어진 물고기 한가득인가
들마당 수문통에서 한참을 쉬었다가
서둘러 다시 걸음하신다

토방에 털썩 주저앉자
가득 찼던 한숨만 파다닥 튀어
마당으로 흩어진다

물빛 찬란한 들녘 바라보며
그려, 남들은 많아봐야 몇 마지기지 뭐
주문을 외듯 혼잣말 하신다

허탕도 어부질이여

가벼워 천근만근 더 무거웠을
저
빈

빌딩 주차원 A씨

닫힌 주차장 개폐기가 고용주인 그에겐
첫차가 막차다, 막차도 첫차다

첫차의 출발은 첫 마디가 엇박자인 노래
박자를 놓치면 새벽보다 더 캄캄한 어둠이다
한 박자 늦을 때도 있지만 대부분
반 박자 빠르다

A씨, 그래서 뛴다

별거냐, 박자에 맞춰 뛰는 게 춤이지
막춤은 대충 추는 춤이 아니다
제멋대로 추는 춤이다
잘 추는 막춤만큼 맛깔나는 춤도
없지 않은가

A씨, 그래서 오늘도 뛴다

춤추는 무대에서는 어둠도
화려한 조명

은근슬쩍 얼렁뚱땅

TV 다큐*를 함께 보는 중에 아내가
"늙어 남자 혼자 오래 살면 저리 추해. 내가 당신보다 조금은 더 오래 살아줄 거긴 하지만 혹시라도 내가 먼저 죽으면 조금만 더 살다 미련 없이 가"
라고 하기에

"고맙기는 한데, 뭐여 와가 아니라 가라고? 어디로"
서운한 투로 말꼬리를 잡으니

"말이 샌 거네요 샜어. 근데, 정말 서운하긴 한가보네"
은근슬쩍 몸 기대며 웃는다

'농담 아니고 정말로 서운합니다. 다음 생은 나랑 살기 싫다 이거지?'
대놓고 따지려다가

'하기사, 적지 않은 세월 모난 나와 부딪치며 살았는데 어딘가 금이 가 있는 게 당연하지, 깨져 조각나지 않은 게 참 다행이지!'
얼렁뚱땅 나도 얼른 따라 웃어넘겼습니다

*다큐 : 다큐멘터리.

존재에 대한 단상

지구를 축軸으로
우주가 돌아가는 것은 아니지만
지구는 우주에서
중심이다

자전하면서
필요한 만큼의 중력을 갖고
공전한다

처음과 끝이 없으니
어느 위치에서도 우주의
중심이다

세상사에서 나도
그렇다

너 또한 그렇다

존재한다는 것은
중심에 있다는 의미다

그럼에도
중심이 축이거나
축이 중심이어야 하는 것은
꼭 아니다

춘야

'오늘은 사진 찍지 말고 열심히 걸어야지'
단단히 마음먹고 나왔는데 또 사진만 찍다가 들어간다

하기사, 노는 것도 뜻대로 안 되는 게 세상사인데
하물며 꽃의 유혹 이리 붉은데
달빛 저리 은은한데

한낱 내가 어찌 감히 배길 수 있으랴
아무렴, 택*도 없지

*택 : 턱의 사투리.

저녁이 맛있는 이유

사무실 행운목에
창 너머 자동차 불빛이
망울망울 매달려 있습니다

활짝 핀 꽃 같습니다, 아니
절정의 순간을 꽃이라 부르기에
저 울긋불긋한 절정 또한
꽃이라 하겠습니다

느릿느릿 기어가듯 핀 꽃들
노랗습니다
신호를 기다리느라 멈춘 꽃들
붉습니다

퇴근길에 꽃 활짝 피었습니다

꽃 피웠으니 곧 대롱대롱 열매 맺겠지요
잘 익은 하루인데 그 맛
보나마나죠

절친
— 만남

반가워
잘 지냈지
그렇지 뭐, 자넨
나두 맨날 그려
집에두 별일 읍찌
읍써, 제수씬
형수님한테 버르장머리 없이

간만에 만나도 또 쓰잘데기없는
그렇고 그런 옛 추억담
지난 애기 편하면
지금 잘 살고 있는 거다

즐거웠어
나두, 또 보자구
그려 또 봐
그러자구, 들어가
그려 가
제수씨한테 안부 전하고
지랄

그러고는
한참은 없는 듯
살 테지

절친 2
―통화

웬 일여
잘 지내지
그냥저냥, 자네는
맨날 그려
언제 함 봐야지
핑계 만들어보서
그려, 알었써
집에두 별일 읍찌
읍써, 자넨
우리도 그려
조만간 보자구
그려 함 봐
알어써 들어가
그려

그러고는
또 한참을 그러고
살 테지

2020 가을
— 코스모스

이리 환하게 맞아주는데
뭔 수로 안 웃을 수 있겠니

잘 다녀왔죠?
그럼, 잘 다녀왔지
봄, 여름 식구들은 잘들 지내죠?
벚꽃 고모님 댁은요, 장미 아가씨네는요
응, 다들 그럭저럭

소문 이미 들어 제 코가 석 자이련만
태연하게 웃으며 반겨
더 예쁘다

*2020 : 코로나 발생 첫해.

2020 가을 2
―들국화

웃을 일 그리도 없어요?
이리로 오세요
도톰한 옷 챙겨 가지고

밤새도록 웃게 해줄께요

속옷은 여벌로 더 챙겨 오세야 해요
며칠 더
묵을 수도 있잖아요

2020 가을 3
― 동문서답

요즘, 당신이 일찍 들어오니 저녁이 길어졌어요
그래서 참 좋아요

밤이 길어진 거지, 머지않아 동지冬至잖아

그러긴 해요, 동지同志가 되려면 좀 남긴 남았어요
그날이 오긴 오는 거죠?

맨날 마시는 믹스커핀데
쓰다

가시연꽃

한 뿌리에서
자란 잎
찢고 올라

터 삼아
활짝 꽃 피웠으면

속울음

그래 이 정도는
붉어야지

2부

춘야 단상

꽃 진 자리에 잎이 돋았다
아, 이 초록 또한 더없이 화려*하지 않은가!

그동안 내 편식이 심했다

*화려華麗 : 빛날 화華, 고울 려麗.

그늘 경작

뙤약볕 피해 나무 그늘에 주차하고
며칠 만에 운전하려는데
자동차 외부가 온통 진액투성이다

순간, 나무도 땀을 흘리는구나
그늘이 절로 생기는 게 아니구나
바람은 이 수고 알고 있었구나

처음으로 나무의 등을 쓰다듬었다

나는 너에게 이기적이다

매일
너에게서 나를
꺼내 쓴다

그래서
나
아직은 신선하다

그러니
너

설마

고장나지
마시라

나는 너에게 이기적이다 2

1.
'말로 다 표현할 수 없어 그렇지
널 얼마나 사랑하는데'
내가 나도 제대로 표현 못하면서
속내까지 알아서 다 안 챙겨준다고
생떼부리며 삽니다

2.
맨손으로 왔으니
빈손으로 가는 것 당연하지만
세상에 와 온전히 얻은 것이라곤 달랑 너여서
모든 걸 놓고 가야 한다고 해도
서운할 것이 하나도
없습니다

봄꽃

봄에 봄꽃이 피었습니다

그거야 당연한 거 아니냐, 고요?
네, 아니네요

그래야 당연한 거 아니냐, 가
옳습니다

봄이면 꽃 피어 봄꽃이 아니라
기필코 꽃 피우는 게 봄이어서

봄꽃입니다

봄꽃이 봄을 소환하는 것, 입니다
하여, 마땅히 그러하게

봄은 옵니다

하늘 아래

바다가 두 갯골로 보듬은 소미 당미 고잔 북창 장동 칠절
양지 오섬 애들이
매봉재 간사지 염전 부들창 방죽이 흩어놓은

방독산, 팽나무재, 가산골, 살구나무집, 느티나무집, 뽕나무
집, 방앗간집, 담뱃집, 스피커쟁이네, 주막집, 학고방집, 둘곡재,
곱돌고개, 당재, 등골, 밭가운데, 고드랭이, 해나지, 이새기, 호
두나무집, 부잣집, 동지터, 거미기, 갑진터, 뱃말, 함박재, 동성
백이, 절골, 아치실, 장승백이, 제주니, 장작골, 뽀루수언덕, 구
두골, 대밭집, 솥땜쟁이네, 샘곁집, 동미집, 앵두나무집, 감나무
골, 굼벙골, 마랑골, 탱자나무집, 지논이, 스무골, 수리기머리,
도라문, 들마당, 북성구지, 뱃터, 그물집에서

산길 들길 논길 밭길 따라 뚝방 따라 신작로 따라
같이 혹은 따로 어울려 핵교 댕겼다

때론 혼자이기도 했다

효자문 열녀문 당집 상엿집 몰포리는
낮엔 놀이터 밤엔 귀신집

지금도 방죽엔 마름 부들 소금쟁이 물방개 가시연꽃
황금개구리 산댄다

꼬망새야 조짱아 근북아베야
다들 안녕하신가!

태클

내 부정은 늘 긍정으로
그럴듯하게 포장되어 있었다

오늘은 점심 뭐로 할까?
아무거나 편한 대로
그럼, 카레밥 먹으러 갈까?
미안, 그것만 빼고

언제 한번 봐야지?
좋지, 나는 언제든 콜이야
그럼 이번 주 금요일 저녁 어때?
쏘리, 하필 그날은

그래, 그 친구 다 좋은데 말이야
그건 좀 그렇더라
그치?

내 긍정 자체가 보기에만 좋은
겉포장은 아니었는지

태클이 다 반칙은 아니지만

VAR 판독 결과

경고!

秋, 능이백숙

뭘루다 먹으까?

대충 간단히 먹구 얼른 가자구

여까지 왔는디? 뭐 그리 급혀 능이백숙에 인삼주 한잔 어 떠?

이 시퍼런 대낮부터?

암만 자고로 낮술이 최고여, 간만에 함 취해보자구

아따 그려 그러자구, 남는 게 시간인디 여기서 축내나 집 에서 축내나

푸욱 익을 때까지 고스톱 한 판?

그거야 당연허지, 쩜당 천이여 천, 있을 건 다 있는거. 한 도 읍써

그럼 한 판이면 끝날 수도 있겠는디?

에이 그럼 파토지 파토, 따자고 치는겨? 다 시간 때우자구 허는 거지

그려 함 혀보자고 혀봐, 근데 이번엔 절대루 뽀찌 읍써

그걸 말이라고 혀, 우리가 언제 뽀찌 있기루 허구서 뽀지 췄남

알었어, 니나 용돈 다 날렸다구 마누라헌티 엉뚱헌 소리 허지 마이

당신 위해서 큰맘 먹구 비싼 보신혔다구 혀, 알었지?

알었어 알었다구 니나 징징대지 마시셔

지랄들허시네, 언릉 돌리기나 혀

고, 스톱, 박이여 박, 파토여 파토, 아직 마음은 청춘인 사
내들의

하세월 흘려보내는 소리

졸졸졸, 가문 가을 실개천 물 흐르는 소리는

들릴랑 말랑

별의별 일

살다보니
별의별 일 다 생긴다고
한숨 쉬지 마
그거 별일 아니야
살다보면 생기는
일상의 흔한 일이야
별에서 보면
우리가 살고 있는 여기가
별이잖아
별의별 일, 긴 한숨 대신
한 숨 쉬고 보면
별의 별 일
그러니까, 별의
별에서 살다보니 생기는
그렇고 그런
일이야

안락의자

명퇴 후 자리 없다고요

웬만한 경력은 노하우 아니네요
그냥 경험이지, 아직도
안락함에 젖어 편한 의자만
고집하는 건 아닌가요

다시 살펴보세요
자기소개서는 과거형이 아니라
미래형이네요

찐벌레

배춧잎 갉아먹는
애벌레
너무 뭐라 마시라
우주라는 커다란 나무의
푸릇한 잎 지구를
야금야금 갉아먹고 사는
우리만 하랴
징그럽다는 것은
주어진 여건에 죽어라
있는 힘을 다하고 있다는 것
우리 징그럽게 사는지,
배추 애벌레는 자라
하늘을 나는 흰나비로
우화하더라
이 푸른 지구를
야금야금 갉아먹고도
그냥 껍데기로 썩고 마는
우리가, 찐 벌레
아닌가

저물녘

뜬금없이 마당가 짚누리가 떠올랐습니다

"지금 안 나오면 진짜 저녁밥 읍따"
낮은 엄마 목소리가 짚단을 슬쩍슬쩍 들춥니다
"이놈, 들어오기만 해봐라", 모르는 척
아버지 저녁마실 가는 소리도 저만치서 들립니다
부뚜막엔 고봉밥에 찌개 한 그릇
김 모락모락 따스합니다

생각 몇 단만 들춰도 대책 없이 아련한
늦가을
저물녘입니다

쇠부엉이

노쇠한 부엉이 한 마리 병상에 앉아 있다.

그때 외에 그때 있잖여 나 초등학교 몇 학년 때더라 캄캄한 한밤중 칠절 절골 느티나무 아래 앉아 멍하니 울고 있었잖여.

아 그때에, 말두 마라 말두 마 그때 생각하면 지금두…

아주 아주 오래 전 그때 그 밤길을 링거 영양제 흘러내리듯 천천히 아주 천천히 풀어놓는다.

꼬박 두 물 잡은 바지락 장 봐 쌀 한 되 보리 두 되, 젯상 올릴 거 몇 팔고 나니께 겨우 돈 몇 푼 남더라. 독한 맘먹고 모처럼 버스 타러 갔는디 자꾸 시장 입구서 팔던 풀빵이 아른거리더라구. 차비 보태서 풀빵 사구 걸어올 요량으로 짐을 차부 가게에 맡기고 갔다 왔는디 짐보따리가 읍써진겨. 잘 좀 봐달라구 그렇게 신신당부 했는디 그 주인 여편네 시치미 뚝 떼구 모르는 척하데. 아무리 샅샅이 뒤져봐도 읍구, 혹시나 히서 차불 몇 바퀴 돌었는지 물러. 시상이 온통 다 노랗더라. 한참을 벌벌 떨다 정신 차렸는데두 도무지 막

48

막허구, 담날 할아버지 제사는 나중 일인디 당장 니 아버지 그늠의 승질머리랑 할머니 성화 불보듯 뻔하잖냐, 해 다 질 때까지 찾었지만 읍써진 게 발이 있어 제 발루 걸어나오건 냐!

 어쩔 수 읍써 단념허고 미친년처럼 집으로 걸어오는디 밤절고개 넘어 원당 삼거리서 나도 모르게 집 방향 오섬 쪽이 아닌 틀무시 쪽으로 걷구 있더라. 그 길루 뭐에 홀린 듯 틀무시 지나 송산 가곡리 이모네까지 걸어간겨. 지금 생각 혀도 기가 차지 기가 차. 가깝기나 헌가 뛰다시피 가기는 갔는디 그 집은 뭐 변변했어야지 대문 앞에서 한참을 망설였다. 이모부 몰래 보리쌀 뒤 됫박 간신히 퍼 와서는 쌀은 이웃집에 사정해 뀌주데.

 그때 풀빵을 꺼낼까 말까 몇 번이나 망설였는지…

 집에 오는 길을 무수리, 송석리 쪽으루 가로질러 잡으려 다 멀지만 다시 틀무시 원당리 쪽 온 길루 돌아 잡었지. 틀 무시까지만 나오면 그래두 한참은 신작로 길이잖냐. 달도 읍는 밤길, 칠흑같이 캄캄해서 양지마을 공동묘지 넘는 게 무서운 것두 무서운 거지만, 자라 보구 놀란 가슴 솥뚜껑 보구 놀란다구 혹시나 싶어 머리에 인 짐이 더 걱정이더라. 오는 길 내내 멀리 인기척이 있으면 스구, 다시 걷다 스구 그날은 사람이 그렇게 제일루 무섭더라.

멀리 우리집 불빛이 보이니께 그때서야 두 다리 맥이 확 풀리더라구. 철푸덕 주저앉어 하늘 쳐다보며 큰숨 내쉬는디 그냥 하염업씨 눈물이 흐르는겨. 내둥 안 하던 짓을 그날 따라 왜 그랬는지. 정신이 나갔지 뭔 배짱으루 버스는 탈려구 했을까, 그래 봐야 풀빵 몇 개 입맛만 버릴건디 언제 새끼들 챙겼다구 그늠의 풀빵은 살려구 했는지, 그 여편네 좀 까칠하긴 해두 그럴 위인은 분명 아닌디, 사이다라두 한 병 사구 맽겼어야 했는디 내가 미쳤지 미쳤어, 온갖 생각에 복장터져 눈물만 절로 줄줄 나오더라. 그때 마침 니들이 거기까지 마중온겨

그날 니들이 거기서 먹은 그 풀빵이 그런 풀빵여

그동안 몇 번을 꼬드겨 물었는데도 그때마다 못 들은 척 그냥 웃음으로 넘기더니, 이렇게 그 깊은 속내까지 다 가볍

게 비워내는 것을 보면 머지않아 아주 먼 길 떠나야 함을 아나보다. 그날 비 안 온 게 다행이지 비 안 온 게 천만다행이어

깡마른 부엉이 한 마리 병실 창 밖 구름에 흘러가는 달 꿈뻑꿈뻑 바라보며

참 밝아서 좋다 훤해서 좋아, 마지막 먼 밤길을 준비 중이다.

*시집 『환한 말』에 수록했던 시 「풀빵」을 일부 수정하고 제목을 바꿔 재수록함.

일타쌍피

　돌아가는 꼬락서니 보고 있자니 마땅치 않아 뒤쪽으로 퉤! 침을 내뱉었는데 하필 제철을 즐기던 민들레가 난데없는 봉변을 당했지 뭐야, 꽃잎 위 가래라니 참 난감하더이, 못 본 척 태연하게 고개 돌리는데 갑자기 후드득 소나기가 내렸어, 비 피하려 후다닥 뛰어가는데 아차 민들레 보기 민망하더이, 하여 멈추고 그냥 천천히 걸었어, 때마침 소나기구만 갑자기 소나기라니

담쟁이

매달릴 땐
진절머리가 나도록
악착같이

가로막은 장벽이
든든한 버팀목이 될 때까지

콘크리트 벽도
저기 저리 새파랗게
질리도록

3부

능소화

어찌 이리도 능청스럴 수 있을까

세상사 그 어떤 뙤약볕도
오롯이 받아넘기던 울엄마를 보고
따라하는 것이 분명하련만
아니라고 아니라고 손사래치며
나한테까지도 천연덕스럽게
이리 시치미 뗄 수 있다니

그래, 울엄마도 그 힘든 오뉴월을
그 힘으로 버텼다

시절

가,나,다,라로 써야 할
국어시험 답안지
실수로
1,2,3,4로
적어낸 적 있다

무슨 과목이었던가
1,2,3,4, 1,2,3,4···
문제 읽지도 않고 답 써낸 적 있다
배운 확률 확인하려 했던 건
결코 아니었다

내 학창시절은
시절* 같은 시절이었다
바람이 불 때마다
흔들렸다

내 마음 복판이
바람의 근원지인 것도 모르고
엉뚱한 탓만 하였다

시절같이

다행히 흔들려도
꽃은 피었다, 내 첫사랑도
그 시절에
피었다

*시절 : 바보, 천치, 모자른 짓을 하는 사람을 일컫는 충남 서북부지역 사투리.

오래된 절구통

모임이 있어 고향에 갔다가 시골집 잠시 들렀는데 돌아
가신 어머니가 마당가에 서 계신다

신작로서 모캥이 돌아 들어오는 불빛이 틀림없이 우리
집 오는 차 같아서 나와봤지 근데 워쩐 일이랴 전화도 읍씨

일루 들어오는 차가 한두 대는 아닐 텐디 울엄니 워찌 이
리 쪽집게랴 점쟁이네 점쟁이여 점집 차려도 거뜬히 먹고
살겄슈

딴소리 말구 저녁 아직 안 먹었지 마침 낮에 바지락 캐다
놓은 거 있으니께 끓이기만 허면 디어 금방여 금방

아… 네네, 쪽집게는 무슨 놈의 쪽집게 십 중 구구구십은
틀림없이 틀린다는 거 나도 다 아네유 알어

들 건너 저만치 도라문 신작로에서 또 자동차 불빛 하나
모캥이를 돌아 훤히 들어온다

고향집 마당가에는 생전 어머니가 쓰시던 절구통이 사시

사철 눈비 맞으며 삭고 있다

　다행히 꽃을 품었다

하여튼

갑자기 바람이 불었고 구름이 몰려왔고, 미루나무만 듬
성듬성 서 있는 긴 뚝방길을 걸어올 때였고, 바람은 거셌고,
장대비였고, 한참을 퍼부었고

하여튼 나는 속까지 고스란히 흠뻑 젖었고

일기예보 있었는지 우산을 챙긴 교복도 보였지만 있으나
마나였고, 평소 부러웠던 자전거는 진흙범벅 무거운 짐이
었고, 내 책가방도 아예 시원스레 푹 젖었고

하여튼 나는 속이 다 차라리 후련하였고

예보 자주 빗나가던 우기였고, 다행히 토요일 오후였고,
집에 거의 왔을 쯤 비는 때마침 그쳤고, 나는 염전 저수지
에서 한참을 혼자 놀았고, 다 말라 집에 들어갔고

하여튼 그런 날 밤도 하늘엔 듬성듬성 별이 빛났고

수국

왜 늦었냐고 묻지 않았네. '걱정 않게 일찍 일찍 댕겨' 핀 잔하고 서둘러 상 차리셨네. 밥은 여름에도 따스하였네. '보리밥엔 꼬추장이 그만이여' 오이 숭숭 썰어넣고 싹싹 비 벼주셨네. 들판 어두워지기 시작하면 절골 느티나무까지 서성이며 허튼 바람소리마다 '무서울 텐디, 넷째냐~ 자징 거 사줘야 허는디, 넷째여~' 한숨 어둠보다 깊었다는 건 먼 훗날에야 알았네. 그마저 그렇게 부러웠다던 네 살 터울 여 동생 기억 그토록 좋아하시던 수국 활짝 핀 마당가에서 꽃 쳐다보지 못하고 하늘 보며 들었네.

진영엄마

저승행 차표엔 실명을 써야 한다
이더러* 진영이네 엄마 이름
한월신 님이시구나
진영이네 큰 밭 우리 집 옆에 있어
진영엄마
밭일하다 물 한 모금 핑계로 들어와
우리 엄마에게 언니, 언니 하면서
일 좀 자그매 하라며
들고 온 호미자루 저만치 팽개치고
허드렛얘기 곧잘 하곤 하였기에
그때만큼은 억척 우리 엄마도 진영엄마도
모처럼 한량이곤 하였기에
콧노래에 섬마을 해당화 피고 지고
참 세련되셨다 생각했었는데
부고장 보고서야 본명을 아는구나
진영엄마
환승역에서 천국행 승차 명단 호명될 때
당신 이름 귀에 익지 않아
열차 놓치지 마시라
귀까지 어두운 동미댁

우리 엄마는
잘 갈아타고 가셨을까

*이더러 : 이웃집.

맛있는 안주

"그 비싸다는 임플란트 혔나벼"
"그걸 어찌 알았으까, 소문 참 빠르구먼"
"아니, 커다란 맥주잔도 못 짜르더니
 쬐끄만 쏘주잔을 잘도 짤라서 하는 말여"
"난 또 뭔 소리라구 그려 자 마시자구"
 주문한 안주도 아직 안 나왔는데
"여기여 쏘주 한 병 더" 하고 외친다
"아예 둬 병 더 가져오라고 혀" 하니
"그럼 식잖여, 식으면 맛 읍써" 하며 웃는다
 때론, 김장김치 같은 진담보다
 겉절이 같은 농담이 입맛 더 돋운다
 우리도 결국 비워지는 소주병*
 진은 뭐고 농은 또 무언가
 다 쓰잘데없다고 자꾸 되짚혀
 잠 설친 지도 벌써 오래다
 잠이 짧아진 게 아니라
 오줌이 잦아진 탓이라고도 하더만
 어쨌거나 불면 핑계 삼으면
 푹 취하는 것도 더 없는 보약, 그래
 오늘은 안 짜르고 마시는 거다

"여보세여"

"지금 많이 바쁘십니까?"

"뭐여, 알았어 알았다구 따른다구"

"자넨 누군지 확인도 않고 전화 받는가"

"당근이지, 울릴 때나 받는 게 전화 아녀"

"아따, 낚이기 딱인 위인 여기 또 있구먼 그려"

"당했다고 곧바로 되갚는 위인은 또 뭐구"

"하여간 싱겁기는, 허허"

"당신만 하시려구요, 하하"

지나온 세상사 비우는 소리

남은 인생사 다시 채우는 소리

아까부터 바람에 살랑살랑

저기 창 밖 늦 동백은

맹랑하게

붉고

*공광규 시인의 시 「소주병」에서 인용.

봄탓

창 밖 흔들리는 벚꽃이 보이는 거야. 뜬금없이 복숭아 주스가 마시고 싶은 거야. 생뚱맞게 어느 집 마당가 자두꽃이 보이는 거야. 느닷없이 살구꽃빛 네 미소가 떠오른 거야. 난데없이 앵두꽃처럼 웃는 네가 서 있는 거야. 나 아까도 졸았는데 지금 또 졸았나봐, 꽃이 보여 네가 보여, 봄탓이지? 요즘 나 깜빡하면 졸아 까딱하면 너 생각해. 근데 왜 내겐 그 꽃이 다 그 꽃인지 몰라, 그냥 다 너야, 온통 다 너야. 하여튼 나 요즘 뜬금없고, 생뚱맞고, 느닷없고, 난데없고 그래. 깜빡하면 그래. 까딱하면 그래.

예순

이랬겠다, 호주머니에 핸드폰 있었으면 갯고랑 날물 밀고 뱃말 배터로 갈 때, 들물 끌고 오섬 너른 간사지 건너올 때, 활짝 피어 있는 꽃들 '예쁘구나 참 예쁘기도 허구나' 셔터 눌러댔겠다 그리움 한 송이 즉시 전송하기도 했겠다 '봄이구나 또 벌써 봄이구나' 안부 한 구절 에둘러 카톡 날리기도 했겠다 곱돌고개에 앉아, 방죽 수문통에 앉아 하얀 담배 연기 같은 날들 동그르 동그르 허공에 뿌리기도 했겠다 그 노을 참 이리도 붉었겠다 그리움도 서러움도 막걸리 잔에 말아 '캬~ 시원허다' 건하게 묻었겠다 아, 취한 아버지 다름 아닌 나를 꼭 빼닮았던 것을

입춘

유치원 앞 횡단보도
엄마와 아이가 도란도란
신호 대기 중이다

오늘도 잘 하고 와
네, 엄마도
낼모레가 토요일이니까
엄마랑…

아 진짜~

아이의 목소리가
아직 다 녹지 않은 땅을 뚫고 나온
파릇한 싹이다

신호 바뀌자마자
엄마 빨리 와
아이는 잽싸게 횡단보도를
앞서 건너가고

천천히 가
그러다가 넘어져
엄마 목소리는
양지 흙담장 밑 따스한
볕이다

류붕자원방래

벗이 있어 왔네
류씨 성의 벗이 멀리서 왔네
자기가 원해서 찾아왔네
명절 앞이니 술 한잔 하자고 왔네
대학시절, 꽁치캔 김치찌개 냄새 지겨웠던
연탄불에 구운 자취빵을 함께 나눠먹던 친구네
같은 서울 하늘 아래라 가끔 보기는 하지만
멀고 가까움은 이미 거리가 아닌지 오래
오늘 바쁘다고 내일은 안 바쁘다는 보장도 없고
마음먹었을 때 보자며 단박에 달려왔네
친구의 별명은 관똘, 이름만 그럴듯 같은 관우이지
관운장만 영 못해서 관똘이라는 설도 있고
괸솔도 똘똘 말아 피울 수 있는 솔 애호가라서
관똘이라는 설도 있네, 하여튼 지금
진짜로 딱 술 한 잔 하고 대리 대기 중이네
그래도 이 친구 술 엄청 많이 늘은거네
아니, 세밑이라 큰맘 먹고 한잔 한 거 맞네
아니 사실은, 설 명절 과일 한 박스 나누고 싶어
바쁜 와중에도 시간을 쪼개고 쪼개
기꺼이 여기까지 직접 배달온 거

다 아네, 그러니 나 어찌 또한
기쁘지 아니한가

벚꽃 엘레지

벚꽃 날리는 이맘때면
진주 남강으로 해서 삼천포로 빠져
남해서 묵고 새벽 일찍 보리암에 올랐다가
섬진강 굽은 줄기 따라 하동으로 가서
쌍계사 십리 벚꽃길이랑 화개장터도 보고
구례 화엄사 들러 지리산 성삼재까지
굽이굽이 한 바퀴 돌고 싶어
정말이지 환장하겠어요

에둘러 말했네요, 당신과의
처음이자 마지막 이 흔한 봄꽃 나들이
그 후 늘 이쯤이면
가슴 시리게스리 당신 유독 더 그리워지는
알러지성 가슴앓이네요

오늘은 기압이 불안정해 지역에 따라
돌풍도 불겠다는 예보가 있네요
하필, 여기는 아니겠지요
설마요, 돌풍에 저 벚꽃잎 휘날리면
도무지 또 어쩌라구요

풍란, 꽃 피다

지난해 봄 풍란 몇 촉 들여 다시 봄 동안
초보지만 정성을 다 했더니 여름 시작될 무렵
한 촉이 꽃대를 밀어올려 드디어 활짝 꽃을 피웠다
뱃길 잃은 어부가 풍란꽃 향 쫓아 무사히 귀항했다더니
달콤한 향기가 저만치에서도 그윽하다

아내가 베란다에 있던 풍란을 거실로 들인다
"키울 땐 별 관심 없더니 꽃 피니까 나보다 좋아하네"
살짝 꽈 농을 던졌더니 "귀하게 피었으니 좋아라 봐줘야지요"
예상하지 못한 달콤한 향으로 내 말을 무색하게 만든다
"맞어, 혼자 보려고 키웠겠어 같이 보려고 키웠지"
금방 내 말에도 은은한 향이 배인다

말꽃향이 집안 가득 번진다
무진장 짙다, 당신 늘 그 자리에 향 짙게 피어 있어
망망한 세상사 잦은 해무에도, 나
표류하는 일 없겠다

말복

갑자기 고향 방죽 가시연의 안부가 궁금해 읍내 사는 친구에게 전화해 언능 가 좀 알아보라 했더니 수십여 리를 잽싸게 달려가 활짝 핀 가시연꽃을 찍어 보냈다

"말복이랴, 이쯤에 피잖여" 두루두루 핑계삼아 술 한잔 하게 잔말 말고 냉큼 내려오라는 무언의 압력임을 어찌 모르랴

"현복 아니고 말복이랴?" "염병 지랄허네" 서로 어이없어, 있어 웃다가 느닷없이 달려간 고향, 처음 먹어보는 토끼탕이 참 개운하다

"예매 필요읍슈, 텅 비어가유" 발매원의 말에도 혹 마음 바뀔까 다잡아 끊어둔 호주머니 막차 차표 속 내일 약속이 아까부터 심란하다

해는 아직 길고 서울행 버스는 막차라 한들 여기서는 초저녁, 오늘 따라 말술 친구놈 이 느긋한 술잔의 속내는 들추나마나 뻔하고

일회용 접시

화분 받침대로도 써봐

생각보다 예뻐

꽃하고도 잘 어울려

아니, 받침이 되면

화초랑

한몸이 돼

4부

사랑이나 그리하지

한잔 하고 간다고
카톡 보냈더니
오타네요 한~잔이겠죠, 하고
선빵을 날린다

하기사, 난 늘
한잔이 한~잔이다, 막잔이
막(방금) 잔이다 막(마구) 잔이다
지랄, 사랑이나 좀
그리하지

들국화

혹여 나를
화분에 담으려 마시라

내 삶일 뿐
너를 위해 핀 꽃이 아니다

이리 바라봐주는 것만도 생각지 않은 횡재,
예쁘구나, 칭찬 한 눈빛 얹어주면

지나온 날들 서러워라
더없이 좋고

만추滿秋

들도 산도 바다도 하늘도
참 예쁘다

이삭도 단풍도 파도도 구름도
참 예쁘다

감히 다 참 예쁘다
야무지게 품었고 옹골차게 익었다

아무렴요, 당신 또한
못지않지요

꽃 피는 소리

광화문 들판이
부산하다

꽃 피는 소리라 하자

어떤 꽃은 독을 품었고
어떤 꽃은 꿀을 품었다

독도 잘 쓰면 약이고
꿀도 과하면 독이다

꽃은 다 아름다운가

나는
꿀만 탐하는
벌인가

마스크

요즘, 마스크를 쓴
사람들의 눈을 바라보면
하나같이 선해 보인다
눈빛은 속이지 않는다고 했다
그렇다면 사람은 본디 선한 존재,
마스크를 쓴 나를 거울로 본다
사서 쓴 마스크를 벗고
살면서 내가 만들어서 쓴 마스크,
내 얼굴을 바라본다
아, 나는 그동안 이 여린 입술로
어떤 말을 얼마나 거칠게 내뱉었기에
입 주변까지 가리고서야
겨우 조금
선해 보인단 말인가

빈 도시락을 메고 소풍 가는 사람들

오후 네 시쯤 지하철을 타면 등에 백팩을 멘 나이 지긋한 승객이 유난히 많다. 소풍 갔다 오는 이들보다 막 소풍 길에 오른 이들이 훨씬 많다. 빈 도시락을 메고 가는 중이다. 헤아릴 수 없이 많은 도시의 빌딩들, 출발 장소는 대각빌딩 가락빌딩 GT타워 저마다 다르지만 목적지는 모두 같은 한 곳, 집으로다. 출근하는 이들보다 먼저 출근해 사무실 쓰레기통을 비우고, 화장실 휴지통을 비우고, 버려진 어제를 아침 내내 비우고, 휴식 겸 잠깐 도시락통까지 비우고, 반쯤 구겨진 오늘을 한 번 더 비워야 단무지 빠진 김밥처럼 급여명세서에 최저임금이 싱겁게 쌓이는 사람들, 장기자랑은 또 청소하기 빨래하기 밥하기지만 손주의 웃음만으로도 보물찾기서 1등 보물을 찾은 것처럼 환하게 풀리는 사람들, 소풍이 아무리 재미있어도 내일 새벽 지하철로 어김없이 일상 복귀할 것이다. 도시의 아침이 언제나 그렇듯 환한 이유다.

저녁 단상

퇴고하고
또 퇴고하고
교정까지 거친 시집도
한번 더 살펴봤다면
조금만 더 고민했다면, 하는
아쉬움 크고
띄어쓰기 틀리고
오탈자도 있고
여기저기 허점투성이인데
매일 매일이 처음인 하루
후회 없다면
그게 어찌 삶이냐
아쉽다는 건
살았다는 흔적이다
살아냈다는 기록이다
그래, 오늘도 잘 살았다
편히 자자
코 크게 골아도
좋고

시계안쪽 시선바깥

명퇴 후 주차 관리원으로 취업을 했다
늘 마주했던 일상이지만
내 직업이 되니 도무지 낯설다
영계란다, 노땅이라 퇴출당한 나인데
쩐 신상이라고 힐끔 속닥거린다
우리랑은 한식구나 마찬가지라며
잘 지내보자, 나름 재미도 쏠쏠하다
그 나이면 한참 일할 청춘이지
환갑이 제일 막내라는 미화반 식구들이
이팔청춘 가시나처럼 수줍게 다가와
조곤조곤 악수도 청한다
월급이 얼마라고 듣고 온 선임자는
시급이 얼마란 걸 알고 나서는
삼 일 만에 줄행랑을 쳤다고 귀띔하며
할 수 있을 때 할 수 있는 게 행복이라고
아무튼, 달달해야 힘도 난다고
주머니에서 사탕을 꺼내 슬며시 건넨다
잠깐 다니려고 했는데 이러다 정들면 어쩌나
시선을 얼른 다른 각으로 돌렸다
점심은 사먹는다는 답에

밥값 빼면 뭐가 남느냐고 말할 때
다 먹자고 하는 건데요 뭐, 무심코 던진
내 설익은 농은 여전히
시선 위에
멋쩍게 앉아 있다

광화문 리포트

단상 설치되고 자리 펼쳐지고
철거되고 접히고

소리가 좌우 판세 좌우한다
음향장비만 날라도 살 만하다는 화물차주

여기서 도시횟집 개장함

북 쳐라 북 쳐라 큰북을 쳐라
데시벨을 올려라
효용을 높여라

경찰 버스도 노점상 트럭도
골목 한 켠 제자리 찾기 능숙하다

두꺼운 투명 통유리창 안
오픈 스튜디오 여기서 뉴스함

정치가 경제를 망친다는 건
시간 다투는 단독보도 발 거시적 관점

보시라, 정치가 경제를 살린다

설치되고 철거되고 설치되고
재화와 용역 순환되고
잘도 돌아간다
막힘없이

여기서 결혼 말고 동거함

정치야 잘한다
북 쳐라 북 쳐라 더욱더 세게
경제야 더 힘내라고
큰북을 쳐라

뒷북을 쳐라

풍물패 한바탕 논다

행복 파종

나
아침마다
순한 눈빛으로
네 귀가 간지럽게
"사랑합니다"
속삭일
께

너
저녁에도
맑은 눈망울로
내 귀가 따스하게
"사랑해요"
토닥여
줘

하필

비워두기가 가장 확실한 배려라는 안내 멘트가 규칙적이다 환갑은 지나보이는 노숙녀 분홍색 임산부 배려석에 앉는다 큼지막한 손가방에서 두껍지 않은 책 꺼내 펼친다 독서삼매경에 빠진 듯 주변 둘러보지 않는다 브레이크에 출렁, 표지의 크고 굵고 진한 책 제목이 보인다 하필 '좋은 생각', 제목에 빠진 나는 책갈피 속 보이지 않는 문장을 '난청이야'에서 '딴청이구나'로 바꿔 읽고, 종로3가역이라는 안내방송에 책을 덮어 가방에 넣고 일어나 옷매무새를 가다듬는 그녀, '겉만 번듯해서 뭐하시게' 속으로 그어 한마디 내뱉는데 "어머 어머 나 늙었나봐" 황급히 빠져나가는 목소리 난감하다

연화年華

숲에는 화려한 꽃도 피지만 풀꽃도 핀다. 밤이면 네온간
판 만발하는 왕십리역 6번 출구, 그 골목을 빠져나와 동쪽
으로 나지막한 고개 하나 넘으면 여느 시골 읍내 구시가지
같은 낡은 동네가 있다. 사근동, 모래 沙 근 斤 모래가 많다
는 뜻이라는데 청계천이 가까이 있어 나는 가까울 近으로
알고 살았다. 신라시대에 지어진 사근사가 있어 사근리, 사
근동이 되었단다. 지금은 흔적도 없지만 너무 오래되고 낡
아 삭은 절이라 불렸단다. 고개에 올라서면 저만치 청계천
이 용답이랑 경계를 이루고, 다닥다닥 골목골목 낡은 집 옥
상에는 오이꽃 가지꽃 고추꽃 피고 지고, 가을 비탈에는 누
런 호박이 펑퍼짐하게 자리잡고 앉아도 있다. 여전히 서울
에서 제일 삭은 동이라고 불리는 동네, 흐르는 시간이 켜켜
이 고이고 고여 그 낡고 낡음이 풀꽃처럼 만발한 동네, 지금
사근고개 마루에는 능소화가 능청스레 피어 있다

*연화年華 : 흘러가는 시간.

삶

삶이란 글자는
사람이란 두 낱자를
한 자로 묶어놓은 거야
삶은 사람과의 관계
삶이란 글자를 흘려 써봐
받침 ㄹ의 끝은 살짝 끌어올리고
ㅁ은 ㄹ보다 내려 듬직하게
ㄹ 끝을 받쳐줘야 해
힘 뺄 때 빼고 줄 때 주고
자연스럽게,
몇 번만 써봐
보일 거야
사람

무궁화꽃이 피었습니다

여름 한낮, 반딧불이 한 마리
콘크리트 바닥을 가로질러 가다가
멈춰 서 있다

지나온 발자국 있고 없고
지나왔다는 사실 지워지지 않겠지요
누구가의 계절에 피고 말고

무궁화꽃이 피었습니다
무궁화~ 꽃이 피었습니~다
무궁화꽃이피었습니다

무궁화꽃이 피었습니~
다

어두워지기까지는 아직도
한참이 남았다

협화음

덜컹덜컹 덜커덩 덜커덩
철교를 건너가는
밤 국철 소리 듣기 좋다
마찰음이 아니라
협화음이다

나도 저리 덜컹덜컹
덜커덩 덜커덩
너라는 철교를 지나가고 있구나
한생을 무사히 건너고
있구나

평범한 삶의 해학과 경지

이종섶/ 시인, 문학평론가

신현복 시인의 시집 제목은 『은근슬쩍 얼렁뚱땅』이다. 시집 제목으로 아주 잘 어울린다. 인생을 살아가는 삶의 의미와 자세, 그리고 자신의 주변과의 관계가 해학적으로 잘 그려져 있다. 그리고 자신이 터득해가는 수준에서 일종의 경지에 다다르거나 또는 경지의 그늘에 들어와 있는 느낌을 준다.

해학이라고 했을 때 기존에 알고 있는 해학을 생각해서는 안 된다. 기존 해학의 틀이나 감정은 나름의 색채가 뚜렷해서 그런 해학은 시와 잘 맞아떨어지지 않는다. 그래서 신현복의 해학은 자신의 삶과 시가 어우러진 현장에서 스스로 터득한 시적 해학으로 신현복 시인 고유의 것이라고 해야 한다.

어찌 보면 해학이라는 말은 신현복 시인이 보여준 시집의 넉넉한 품에 어울리지 않는다. 다만 신현복 시인이 시집에서 보여주는 특유의 시선과 방식과 감정을 설명할 때, 기존 언어 중에서 그나마 어울리는 표현이기 때문에 차용한 것일 뿐이다.

경지라는 말은 또 어떤가. 해학이라고 할 때는 신현복 시인의 시적인 품과 여유가 온전히 담기지 못하는 아쉬움이 있는 채로 사용할 수밖에 없는 한계가 있다면, 경지는 반대로 충분하고도 온전한 표현임에도 불구하고 경지라는 말을 쓰는 것이 너무 과하거나 또는 너무 높이거나 하는 것이 아닌가 하는 생각이 들게도 한다.

그러나 경지라는 말을 쓸 때도 경지의 다양성과 그 다양성이 제공하는 각각의 위치에 따른 수준이 존재한다는 것을 기억해야 한다. 즉 경지라는 말을 꼭 세계적인 수준이나 또는 무슨 신령한 것에만 쓰는 것이라고 생각하는 것이 아니라, 자기 분야에서 무엇을 깨닫고 어떻게 대하는 지혜와 자세를 익혀나가면서 완성해가는 것이라고 생각해야 한다.

그래서 평범한 사람도 평범한 일상에서 경지에 오를 수 있고 경지를 누릴 수 있다. 그것 또한 볼 수 있는 마음의 눈을 가진 사람에게는 감탄을 자아내게 하는 경지의 수준으로 비칠 것이나, 그것을 볼 수 있는 눈이 없는 사람에게는 그저 농 같은 말장난이거나 그냥 일상생활로만 비치고 말 것이다.

기존의 해학과 경지라는 말을 빌려와 신현복의 시를 말하고 있으니, 해학의 수평적인 어떤 선입견도 버리고 경지의 수직적인 어떤 고정관념도 버려서 신현복 시인의 시들이 보여주는 해학과 경지를 온전히 누려보자. 그 해학과 경지는 안목이 있는 자에게 비경을 보여줄 것이다.

> 꽃 펴서 좋다
> 당신의 환한 웃음
> 듬뿍 담을 수 있어 좋다
> 달콤한 향기가 내게 스민다
> 당신을 몇 숨 더 품을 수 있어서
> 정말 좋다, 어디에 가든
> 당신을 기억할 수 있겠다
> 이 세상에 오길 참 잘했다
> 내 生은 지금 여기가
> 봄날이다

—「봄날」전문

「봄날」은 향기는 물론 맛까지 참 좋은 시다. 시의 몇 행을 흘러 "이 세상에 오길 참 잘했다"는 말과 "내 生은 지금 여기가/ 봄날이다"라는 말은 해학이 결론에 도달하고자는 맑고 순수한 서정의 극치이자, 경지가 그려내려고 하는 비경의 절대적 완성이다. 이런 말을 할 수 있다는 거, 이런 시행을 쓸 수 있다는 거, 사실 아무나 하지 못한다. 마음의 다스림은 기교보다 어렵기 때문이다. 마음에 끼어 있는 정욕과 삶에 깃들어 있는 불화의 요소가 그걸 허락하지 않는다. 그래서 이 단순하면서도 명징한 말들이 무수한 것들을 걸러내고 씻어내면서 얻게 된, 아니 이미 얻은 선물과도 같은 것임을 말하고 싶다.

그렇게 되기까지 "꽃"과 '꽃의 피어남'이 있었다. 그로 인해 "당신의 환한 웃음"을 "듬뿍 담을 수 있어 좋"았다. 그러니 "달콤한 향기가" 스밀 수밖에 없고, "당신을 몇 숨 더 품을 수 있어서/ 정말 좋다"는 감탄을 할 수밖에 없다. 그 결과 "어디에 가든/ 당신을 기억할 수 있겠다"는 말과 "이 세상에 오길 참 잘했다"는 말을 하게 된다. 그것은 곧 "내 生은 지금 여기가/ 봄날이다"라는 편안한 고백으로 마무리된다.

1행에서 4행까지의 "웃음"과 "향기", 5행에서 7행까지의 "당신", 그리고 8행에서 10행까지의 "내 生"의 "봄날"이 이 시의 뼈와 살을 구성하고 있는데, 이제 그것들의 하나하나인 현재 모습을 살펴보고 또 현재를 이루게 한 과거 이야기를 들어보면서 「봄날」의 향기를 이 생에 흩날려보도록 하자.

"잘 익은 하루인데 그 맛/ 보나마나죠"(「저녁이 맛있는 이유」)라고 말할 수 있는 생의 봄날을 만나보자. 봄날뿐만 아니라 "들도 산도 바다도 하늘도/ 참 예쁘다// 이삭도 단풍도 파도도 구름도/ 참 예쁘다// 감히 다 참 예쁘다/ 야무지게 품었고 옹골차게 익었다// 아무렴요, 당신 또한/ 못지않지요"(「만추滿秋」)라고 말할 수 있는 봄날의 계절도 만나보자. "봄꽃이 봄을 소환하는"(「봄꽃」) 방식의 무르익은 봄날을.

지난해 봄 풍란 몇 촉 들여 다시 봄 동안

초보지만 정성을 다 했더니 여름 시작될 무렵

한 촉이 꽃대를 밀어올려 드디어 활짝 꽃을 피웠다

뱃길 잃은 어부가 풍란꽃 향 쫓아 무사히 귀항했다더니

달콤한 향기가 저만치에서도 그윽하다

아내가 베란다에 있던 풍란을 거실로 들인다
"키울 땐 별 관심 없더니 꽃 피니까 나보다 좋아하네"
살짝 꽈 농을 던졌더니 "귀하게 피었으니 좋아라 봐줘야
지요"
예상하지 못한 달콤한 향으로 내 말을 무색하게 만든다
"맞어, 혼자 보려고 키웠겠어 같이 보려고 키웠지"
금방 내 말에도 은은한 향이 배인다

말꽃향이 집안 가득 번진다
무진장 짙다, 당신 늘 그 자리에 향 짙게 피어 있어
망망한 세상사 잦은 해무에도, 나
표류하는 일 없겠다

—「풍란, 꽃피다」전문

　"꽃"이 소재로 등장하는 「봄날」은 "당신"과 "여기가/봄날"
이 시의 두 축을 형성한다. 줄이면 '당신과 봄날'이 될 텐데,
이것의 의미를 「풍란, 꽃피다」를 통해서 살펴볼 수 있다.
　"꽃 펴서 좋다"는 「봄날」의 첫 행처럼 「풍란, 꽃피다」에서
도 '봄과 관련해 활짝 꽃을 피웠다'라는 문장으로 시작된다.
「봄날」 4행의 "달콤한 향기가 내게 스민다"도 「풍란, 꽃피다」
에서 "달콤한 향기가 저만치에서도 그윽하다"로 나타나, "금
방 내 말에도 은은한 향이 배인다"가 되어, 마침내 "말꽃향

이 집안 가득 번진다"로 귀결된다. 그 "말꽃향"은 "무진장 짙"어서 "당신 늘 그 자리에 향 짙게 피어 있"는 것으로 이어 진다. 그리하여 "망망한 세상사 잦은 해무에도, 나/ 표류하 는 일 없겠다"로 마무리된다.

「봄날」이 '당신으로 인한 생의 봄날의 향기'를 노래했다 면「풍란, 꽃피다」는 '말꽃향으로 인해 표류하는 일이 없겠 다'고 노래한 것인데, 여기서 두 시를 종합해 정리해보면 "표류"라는 행위 내지는 사건이 중심에 놓인다. 즉 "표류하 는 일 없겠다"라고 말함으로써 "표류"를 의식하거나 "표류" 와 관계된 어떤 일들이 있었으리라고 짐작할 수 있는 것이 다. 이것은 "내 生은 지금 여기가/ 봄날이다"라는 말에도 역 시 "봄날"과 반대되는 계절적 특징의 일들이 있었으리라 짐 작하게 되는 것과 마찬가지다.

"표류"는 무엇인가. 목적지 없이, 또는 목적지는 있으나 목적지에 갈 수 있는 형편도 안 되고 동력도 없이 망망대 해를 떠도는 것이다. 그것은 삶에서 '여기가 생의 봄날'이 되지 않을 때라고 시에서 의미하는 바, 결국 "봄날"과 "표 류"는 서로 반대 위치에 있다. 즉 '봄날은 표류하지 않는 것' 이고 '표류는 봄날이 아니라는 말'이다. 그러니 "표류하는 일 없겠다"는 말이 얼마나 향이 짙은 "말꽃"인지 짐작이 가 고도 남는다. "당신 늘 그 자리에 향 짙게 피어 있"었기 때 문이다. 그 결과 "적지 않은 세월 모난 나와 부딪치며 살았 는데 어딘가 금이 가 있는 게 당연하지, 깨져 조각나지 않 은 게 참 다행이지!"라고 생각하면서 "얼렁뚱땅 나도 얼른 따라 웃어 넘"(「은근슬쩍 얼렁뚱땅」)길 수 있는 비결을 터득하게 되었다.

> 덜컹덜컹 덜커덩 덜커덩
> 철교를 건너가는
> 밤 국철 소리 듣기 좋다
> 마찰음이 아니라
> 협화음이다
>
> 나도 저리 덜컹덜컹
> 덜커덩 덜커덩
> 너라는 철교를 지나가고 있구나
> 한생을 무사히 건너고
> 있구나
>
> ―「협화음」전문

「협화음」은 '봄날의 향기'가 어떤 환경에서 어떻게 만들어졌는지, "말꽃향"은 또 어떻게 피어나고 "표류하는 일"의 이면에는 어떤 일이 있었는지, 이 모든 것들에 대한 해답을 제공해준다.

"덜컹덜컹 덜커덩 덜커덩/ 철교를 건너가는/ 밤 국철 소리 듣기 좋다"고 한다. 왜냐하면 "마찰음이 아니라/ 협화음이"기 때문이다. 여기서 말하는 "협화음"은 쉽게 말하면 듣기 좋은 화음이고 어울리는 화음이다. 그런데 기차가 지나가는 소리 그것도 "철교를 건너가는" 소리는 사실 "협화음"이 될 수 없다. 그 반대의 불협화음일 뿐이다. 엄밀하게 말하면 불협화음조차도 될 수 없는 그냥 시끄러운 소리요, 소음일 뿐이다. 그럼에도 불구하고 그 시끄러운 철도 소리를 "협화음"이라고 부르는 것은 바로 앞에 나오는 "마찰음"과 관계가 있다.

인생에서 어울려 살아가고 특히 가정에서 함께 부부로 살아갈 때 마찰은 필연적이다. 서로 다름으로 인해 다가오는 마찰의 소리는 그야말로 불협화음 그 자체다. 그런데 그런 인생의 "마찰"에서 나는 소리를 "협화음"으로 인식한다는 것은, 음악의 화성학에서 화음에 대한 개념이 바뀌는 것처럼 삶에서도 "마찰"로 인한 성숙의 깨달음으로 나아간다는 것과 같다. 그래서 "나도 저리 덜컹덜컹/ 덜커덩 덜커덩/ 너라는 철교를 지나가고 있"는 것에 이어 마침내 "한 생을 무사히 건너고/ 있"다고 말하게 된다.

생각해보면 "별의별 일 다 생긴다고/ 한숨"(「별의별 일」)을 쉬게 되는 인생에서 "마찰"은 방향이나 목적지를 상실하게 만드는 것이다. 그런 "마찰"로 인해서 결국 표류하는 일들이 발생하기 때문이다. 또한 '인생의 마찰'은 말이 만드는 불협화음이기도 하다. 말로 "마찰"하고 말로 인해 불화하기 때문이다.

그런데 그런 세상에서 "마찰"의 행위로 말미암은 "마찰음"의 소리가 "협화음"으로 들려 "표류"하지 않는다고, 아니 "표류하는 일 없겠다"고 편안한 마음으로 확신한다. 말로 "마

찰"하는 가정에 "말꽃향"이 그윽하게 피어나고 있고 앞으로
도 그럴 것이기 때문이다.

　그 "말꽃향"의 진수가 여기에 있다. "나/ 아침마다/ 순한
눈빛으로/ 네 귀가 간지럽게/ "사랑합니다"/ 속삭일/ 께//
너/ 저녁에도/ 맑은 눈망울로/ 내 귀가 따스하게/ "사랑해
요"/ 토닥여/ 줘"(「행복 파종」). 이것이 바로 당신이 나에게,
내가 당신에게 말하는 말의 꽃이자 말의 향기다.

　　　퇴고하고

　　　또 퇴고하고

　　　교정까지 거친 시집도

　　　한번 더 살펴봤다면

　　　조금만 더 고민했다면, 하는

　　　아쉬움 크고

　　　띄어쓰기 틀리고

　　　오탈자도 있고

　　　여기저기 허점투성이인데

　　　매일 매일이 처음인 하루

　　　후회 없다면

　　　그게 어찌 삶이냐

　　　아쉽다는 건

　　　살았다는 흔적이다

　　　살아냈다는 기록이다

　　　그래, 오늘도 잘 살았다

　　　편히 자자

코 크게 골아도

좋고

—「저녁 단상」전문

「저녁 단상」은 시 쓰는 일과 관계된 시이지만 시 쓰는 일을 통해서 사는 일로 나아가기 때문에 중심 내용은 중간 이후의 "살았다는 흔적" 또는 "살아냈다는 기록"이 말하는 삶이라고 할 수 있다. 시에서 "띄어쓰기"와 "오탈자"가 있는데 그것이 "후회"에 이어 "살았다"와 "살아냈다"로 이어지기 때문이다.

"여기저기 허점투성이인" 시집 앞에서 "매일 매일이 처음인 하루"를 생각한다. "후회 없다면/ 그게 어찌 삶이냐'라고 반문하며 "아쉽다"는 것에 대해 정의한다. "살았다는 흔적이다/ 살아냈다는 기록이다"라고. 아쉬움을 그렇게 정의했으니 "그래, 오늘도 잘 살았다"라고 할 수 있겠고, 그래서 "편히 자자/ 코 크게 골아도/ 좋고"라고 편안하게 마무리할 수 있게 된 것이다.

「협화음」이 관계에서 나오는 성찰의 시라면 「저녁 단상」은 자신의 삶을 살핀 성찰의 시다. 즉 「협화음」은 타인과의 문제요, 「저녁 단상」은 자신의 문제다. 이때 타인과의 관계에서는 "마찰음"이 나오고 자신의 문제에서는 "아쉬움"이 나온다. 그리고 "마찰음"을 "협화음"으로 아름답게 소화했듯이 '허점투성이의 아쉬움'을 '살았고 살아냈다는 흔적과 기록'으로 넉넉하게 받아들인다. 그리하여 참 편안한 단잠에 빠질 수 있게 된 것이다.

"마찰음"과 '아쉬움'이라는 이 두 가지는 인생에서 만나는 복병이다. 하나는 외부의 복병이고 다른 하나는 내부의 복병이다. 어떤 사람은 외부 복병의 비수를 맞아 쓰러지고 어떤 사람은 "속울음"(「가시연꽃」) 같은 내부 복병의 함정에 걸려 서서히 무너진다. 두 가지 중에 하나만 극복할 수 있어도 참 대단하다고 할 수 있는 인생의 현실에서, 이 두 가지를 다 극복했고 극복해낼 수 있는 사람이 있다. 마찰이기도 하고 파찰이기도 한 그 소리를 아름답게 듣는 사람, 후회와 아쉬움에 함몰되지 않고 오히려 그것을 삶의 흔적과 기록으로 인정하는 사람이다.

"지난 얘기 편하면/ 지금 잘 살고 있"(「절친」)다고 말할 수 있는 것과 같다. 그래서 "맨손으로 왔으니/ 빈손으로 가는 것 당연하지만/ 세상에 와 온전히 얻은 것이라곤 달랑 너여서/ 모든 걸 놓고 가야 한다고 해도/ 서운할 것이 하나도/ 없습니다"(「나는 너에게 이기적이다 2」)라고 "너"(「봄꽃」의 "당신")와 '서운함'(「저녁 단상」의 '아쉬움')의 절묘한 조화를 이룬 말을 할 수 있게 되는 것이다.

또한 이렇게 말할 수 있는 이유는 누구에게 보고 들은 것이 있어서다. "세상사 그 어떤 뙤약볕도/ 오롯이 받아넘기던 울엄마를 보고/ 따라하는 것이 분명"(「능소화」)했다. 그 "울엄마"의 손길을 "오롯이" 받은 '고향집 절구통도 사시사철 눈비 맞으며 삭고 있'(「오래된 절구통」)었다. 그래서 "그러고는/ 또 한참을 그러고/ 살"(「절친 2」)아가게 될 인생살

이임을 능히 짐작하고도 남는다.

　　지구를 축軸으로
　　우주가 돌아가는 것은 아니지만
　　지구는 우주에서
　　중심이다

　　자전하면서
　　필요한 만큼의 중력을 갖고
　　공전한다

　　처음과 끝이 없으니
　　어느 위치에서도 우주의
　　중심이다

　　세상사에서 나도
　　그렇다

　　너 또한 그렇다

　　존재한다는 것은
　　중심에 있다는 의미다

　　그럼에도
　　중심이 축이거나

축이 중심이어야 하는 것은

꼭 아니다

—「존재에 대한 단상」 전문

　비결은 무엇일까. 삶의 비결, 또는 인생의 비결은 어떻게
해서 만들어졌을까. 그것은 바로 "중심"에 관한 관점과 자
세에서 비롯되었다. 중심이 무엇인지, 중심을 잡는 것은 무
얼 말하는지, 타인과의 관계와 부부의 관계에서 누가 중심
인지, 자신은 중심인지 아닌지, 또는 누가 중심의 무엇인지,
이러한 것들을 깨닫고 정리하는 사고가 형성되어 있을 때
비결이라면 비결일 수 있는 지혜가 터득된다.

　그것은 사람이라는 한 개인의 사적인 일일 터이지만 그
사유는 인간이라는 공적 영역에 속할 수도 있는 일이어서
더 큰 틀 속에서 정리하는 것이 바람직하다. 그래야만 "중
심"의 속성을 제대로 파악할 수 있고, 작은 틀 속에는 "중심"
이라는 개념이나 장치조차 없거나 보이지 않기 때문이다.
그러니 그 작은 틀 속에서는 "중심"이라는 존재에 따른 기
능이나 효과는 언급할 수조차 없다.

　사람이 속한 틀 안에서 가장 큰 최고의 틀은 바로 "지구"
와 "우주"다. 그리고 그 '지구와 우주'의 역학관계 속에서
"중심"에 대한 논증을 시도한다. 그리하여 "지구를 축軸으
로/ 우주가 돌아가는 것은 아니지만/ 지구는 우주에서/ 중
심이다"라는 존재론적 가설을 세운다. 이 말은 우주론에서
는 불확실한 가설일 터이나 인간의 존재론에서는 확실한

정설이다. "자전하면서/ 필요한 만큼의 중력을 갖고/ 공전한다"는 말이나, "처음과 끝이 없으니/ 어느 위치에서도 우주의/ 중심이다"라는 말이 그 증거요 증명의 방식이다.

'중심에 관한 우주적 사고'를 정리한 후에 '나와 너 사이의 중심 역할에 대한 논리'를 병행적으로 펼쳐나간다. "세상사에서 나도/ 그렇다// 너 또한 그렇다"라고 인정하면서 "존재한다는 것은/ 중심에 있다는 의미다"라고 결론을 내린다. 그러나 이 결론이 전부가 아니다. 결론에 이어지는 또 하나의 결론, 또는 결론을 보완하는 부언이 있다. "그럼에도/ 중심이 축이거나/ 축이 중심이어야 하는 것은/ 꼭 아니다"라는 말이 그것이다.

결론은 존재론적이고 부언은 관계론적이다. 인간은 존재적이나 관계적으로 살아가는 것처럼, "중심"에 관한 우주적이고 인간적인 논증도 존재론적인 입장에서 관계론적인 입장으로 나아가고 정리된다. 이러한 '중심논리'는 결국 영역이라는 틀과 관계라는 틀 속에서 살아가는 개인 개인의 삶과 역할 속에서 한 개인이 한 개인에게 어떻게 기능하고 또 어떤 기능을 받아들이며 살아가는지에 관해 매우 중요한 통찰을 제공해주면서 깊고도 유연한 성찰로 나아가게 한다. "마찰음"과 "아쉬움"이 바로 통찰과 성찰의 결과물이기 때문이다.

'마찰'도 "아쉬움"도 다 중심에 관한 설정이나 그릇된 설정에서 비롯된 것이다. 한 개인이 중심을 잡기 위해 또는 중심이 되기 위해, 또는 다른 한 개인이 중심이 되지 못해 또는 다른 사람이 중심이 되는 것을 받아들이지 못해 생기는 것이 결국 마찰이다. 그때 행동이나 감정의 표현에서 마찰을 일으키지 않으면 아쉬울 수밖에 없다.

그런데 그 마찰까지도 철도의 마찰처럼 극심한 것이었는데도 불구하고 그런 상황에서 발생한 "마찰음"이 "협화음"으로 들린다고 말할 수 있게 되었다(「협화음」). '오류'와 "허점투성이"가 가득한 그 속에서도 "오늘도 잘 살았다"고 말할 수 있게 되었다(「저녁 단상」). 그 이유가 무엇일까. 바로 '중심에 관한 깨달음과 그에 맞는 관계 설정'이다. 내가 중심이지만 꼭 중심이 아닐 수도 있다는 것, 내가 중심 노릇을 해야 하지만 때로는 중심 밖에 있을 수도 있다는 것. 바로 이런 깨달음과 행위가 근본적인 이유다. 중심의 이유, 이유의 중심이다.

삶이란 글자는
사람이란 두 낱자를
한 자로 묶어놓은 거야
삶은 사람과의 관계
삶이란 글자를 흘려 써봐
받침 ㄹ의 끝은 살짝 끌어올리고
ㅁ은 ㄹ보다 내려 듬직하게
ㄹ 끝을 받쳐줘야 해
힘 뺄 때 빼고 줄 때 주고
자연스럽게,
몇 번만 써봐

보일 거야

사람

─「삶」 전문

「삶」은 "삶"이라는 글자의 조합을 풀면서 그 의미를 부여하는 시다. "삶이란 글자는/ 사람이란 두 낱자를/ 한 자로 묶어 놓은" 것이다. "삶은 사람과의 관계"를 보여준다. "삶이란 글자를" 쓸 때는 "받침 ㄹ의 끝은 살짝 끌어올리고/ ㅁ은 ㄹ보다 내려 듬직하게/ ㄹ 끝을 받쳐줘야" 한다. 무엇보다 "힘 뺄 때 빼고 줄 때 주고" 하면서 "자연스럽게,/ 몇 번만 써"보면 '사람이 보일 것'이다.

"삶"이라는 글자 풀이를 통해 "삶은 사람과의 관계"임을 정의한 후, 그 관계에서 터득한 "살짝 끌어올리"기도 하고 '듬직하게 받쳐주기'도 하면서 "힘 뺄 때 빼고 줄 때 주는" 방식과 그렇게 하면 '자연스럽게 사람이 보인다'는 정리는, 신현복 시인이 살아가며 인식하는 삶의 뼈대와 같다. 또한 이 시집의 모든 시들을 관통하며 하나로 묶어내는 지평이기도 하다.

그래서 시집 『은근슬쩍 얼렁뚱땅』은 "사람과의 관계"에서 비롯된 시집이며 "사람과의 관계"를 노래한 시집이다. 나아가 그 "사람과 관계"에서 어떻게 끌어올려야 하는지 어떻게 내려 받쳐줘야 하는지를 보여주는 시집이다. 힘을 언제 어떻게 빼야 하는지, 힘을 언제 어떻게 줘야 하는지 그 비결과 비법을 알려주는 시집이다. 사람을 봐야 하는데 사람이 잘 보이지 않을 때 어떻게 하면 사람을 볼 수 있는지, 사람을 보며 살아야 하는데 아예 사람을 보려고도 하지 않고 사람이 보이지도 않을 때 과연 그 이유가 무엇이고 그 대책은 어떤 것인지에 관한 지혜를 소개하는 시집이다.

사람에 관한 이러한 내용을 다루는『은근슬쩍 얼렁뚱땅』은 참 쉽고 편하다. 사람에 관한 시집 속에 신현복 시인 나름의 시선이 안착되어 있다. 때로는 "은근슬쩍" 때로는 "얼렁뚱땅"으로 나타나는 신현복의 어법과 그에 따른 시법은 유연하면서도 넉넉한 마음과 자세에 기인한다. 그것은 서두에 언급한 바대로 일종의 해학과 같은 것이어서 신현복 시세계의 한 축을 이룬다. 해학으로서는 과거의 해학과 연결되어 있으나 그 성질에 있어서는 현대적 해학과 평범한 일상적 해학을 다룬다.

신현복의 시선과 대응이 주류를 이루는 일련의 시들은 그 보편적이면서 서민적인 해학을 통해, 또는 익명성의 기시감을 바탕으로 한 능청스러운 해학을 통해 성취한 신현복 자신만의 경지를 보여준다. 경지라고 해서 특별하고 비범한 것에만 경지가 있는 것은 아니다. 모든 것에 경지가 있는 법이고 그 경지에 도달한 것들은 모두 아름답다고 칭송받아야 한다. 신현복의 해학적인 경지 또한 그러해서, 자신만의 영역과 관계에서 자신이 추구해나가는 대응 방식을 통해 그 수준의 내용과 수준의 발전을 보여준다. 바로 이것이 신현복의 경지라는 것이다.

삶의 경지는 어렵지만 그것을 성취한 경지는 참 아름답

다. 특별해서 비경이 아니라 평범한데 비경인 것처럼 특별한 사람이 이룬 경지가 아닌 평범한 사람이 이룬 경지는 그래서 더욱 아름답다. 감탄만 하게 되는 비경이 아니라 자신을 돌아보게 하는 비경이 진정한 비경일진대, 신현복이 보여주는 '사람의 비경'과 '관계의 비경'은 화려하지 않은 소박함으로 보는 이의 마음을 편안한 향기로 돌아보게 한다.

이것이 진정 비경 중의 비경일 터! 그 비경을 빚어낸 신현복 시인의 힘 빼는 기술과 받쳐주는 기술은 경지에 올랐다고 해도 과언이 아니다. 그 경지에 오르기 위해 애쓰는 무림의 세계에서 고군분투하는 자들이 있다면, 신현복의 비법을 익혀보기를 권한다. 그가 세상에 공개한 자신의 비기祕記를 간결하게 요약하며 집대성한 시집『은근슬쩍 얼렁뚱땅』은 한 권의 책이 아닌 해학과 경지의 지혜서이기 때문이다.

현대시세계 시인선 **149**
은근슬쩍 얼렁뚱땅

지은이_ 신현복
펴낸이_ 조현석
기 획_ 김정수, 우대식
펴낸곳_ 북인
디자인_ 푸른영토

1판 1쇄_ 2023년 07월 10일
출판등록번호_ 313 - 2004 - 000111
주소_ 121 - 842 서울 마포구 서교동 460 - 34, 501호.
전화_ 02 - 323 - 7767
팩스_ 02 - 323 - 7845

ISBN 979-11-6512-149-5   03810
ⓒ 신현복, 2023